KB251044

마리 앙투아네트

마리 앙투아네트

2026년 4월 20일 초판 1쇄 인쇄
2026년 4월 28일 초판 1쇄 발행

지은이 | 김하정
펴낸이 | 孫貞順

펴낸곳 | 도서출판 작가
　　　　(03756) 서울 서대문구 북아현로6길 50
　　　　전화 | 02)365-8111~2　팩스 | 02)365-8110
　　　　이메일 | cultura@cultura.co.kr
　　　　홈페이지 | www.cultura.co.kr
　　　　등록번호 | 제13-630호(2000. 2. 9.)

편집 | 손희 양진호 설재원
디자인 | 오경은 이동홍
마케팅 | 박영민
관리 | 이용승

* 이 책은 경남문화예술진흥원 🔲 경남문화예술진흥원 보조금을 받았습니다.

* 잘못된 책은 구입하신 서점에서 바꾸어 드립니다.
* 도서출판 작가는 (주)작가미디어의 단행본 브랜드입니다.

값 12,000원

작가기획시선 050

마리 앙투아네트

김하정 시조집

작가

■ 시인의 말

내 삶의 이음줄이여

내 삶의 허밍이여

자유롭게 날아라

그침 없이

날아라

2026년 봄

김하정

차 례

시인의 말

1부

2부

3부

4부

해설

1부

마릴린 먼로

시선이 빗발치면 사선이 되기도 한다
쏘아대듯 날아드는 불화살 움켜쥐고
외로이 절명시 읊는
금화규 한 송이

캐리커처

耳
소란으로 북적이는 북쪽 문을 닫으니
꽃망울 터지는 소리 남녘에서 들려온다
잠귀가 밝은 새들이
휘파람을 불고 있다

目
후광을 걸치고 한 여인이 걸어온다
가만히 올려다보는 긴 속눈썹 둘레길
무성한 별들이 다녀간
흔적이 보인다

口
숨겨둔 금서가 밀어처럼 숨어있다
그 첫 장을 열고 싶어 입술을 움직이면
별안간 파수꾼들이
일 열 횡대로 막아선다

鼻

두 뺨 위로 히말라야 산맥이 뻗어 있다

눈으로 뒤덮인 가파른 여정이지만

스키는 휘파람 불며

속도를 조절한다

데칼코마니

집안 벽면에는 거울 하나 걸려 있었다
까치발 키재기는 수채화 풍경처럼
그 위로 비바람 불며 빗금을 치기도 했다

부모의 거울이라는 반사경 아이가
배경으로 들어오던 뒷산을 고이 접어
푸르른 꿈을 향하여 먼 길을 나섰다

바위산 오르는 사슴의 발처럼
넘어져도 일어서라는 가훈을 목에 걸고
날마다 거울 앞에서
옷깃을 여미었다

구름의 동맥이 파열되던 어느 날
눈 뜨고 보아도 보이지 않는 음영이
금이 간 거울 속에서
한동안 일렁거렸다

모나리자

비끼어 앉아 포갠 양손은 연리지인가
고통의 뿌리는 표정으로 가린 채
머리도 꼬리도 아닌 스핑크스 암각화

신비의 미소처럼 노을 차츰 번져갈 때
수수께끼 감도는 오묘한 입가에는
마법을 걸어놓은 듯
敵意가 짙어간다

마리 앙투아네트

분노를 삭이려는 비운의 칼날인가

목에 감은 초커는 맥없이 풀어지고

바람도 소용돌이치며 어깨를 부딪고 간다

치장한 꽃다발은 누가 먼저 외면했나

슬픔의 단두대 낙뢰처럼 뛰어내린다

피 묻은 형틀 너머로 센 강은 흐르는데

아이비 퍼포먼스

담벼락 에둘러 그림자 지나간 자리
바람결에 엉켜있던 초록의 심장들
까칠한 돌벽을 타며
덩굴손 뻗어간다

높은 곳에 이르러 구름 몇 장 펼쳐놓고
허공을 문지르자 양들이 뛰쳐나온다
저마다 민낯 내밀어
입김을 내뿜는다

낮의 걸음과 마찰각 일으키는 햇살이
그늘집 키워가는 오후를 부추겨
잎맥을 자꾸 문지른다
거친 파도가 솟구친다

*프로타주 기법

월광曲

– 베토벤

폭우가 쏟아지듯
눈보라가 휘몰아치듯
어둠 속을 건너가는 안 보이는 손이 있다
달빛을 변주해 내는
연금술사의 손

흐느끼던 슬픔은 호수가 삼켜버리고
리턴한 건반 위에는 몽환의 파도 소리
그것은 통곡이 섞인
신의 음성이다

바이올린

– 치고이너바이젠

팽팽히 감아 둔 바람의 현 위로

멀리서 다가와 앉는 짐시 같은 허기가

저녁의 애절함으로 끝없이 불타오른다

자유를 갈구하는 너는 앨버트로스

호흡마다 쟁쟁한 기억들 날개에 싣고

그리움 이기지 못해

어디론가 날아간다

기타

흐르는 강물처럼 쓸쓸함은 끝없습니다
기타 하나 메고서 현 위로 걸어갑니다
북풍의 매를 맞으며 온몸은 떨립니다

따뜻이 잡을 수 없는 마른 손을 부비며
음들 다 깨워서 밤의 아리아 부르면
두 눈을 감고 살았던 지난날이 떠오릅니다

가을 뜨락을 비추는 교교한 달빛 선율
창가에 기대고 선 가로등을 데리고
한밤의 거리를 따라 끝없이 흘러갑니다

봄을 위한 연가

– 첼로

바람의 손길이 현 위에 닿으면
겨우내 얼었던 날갯죽지 아래로
몸 말고 귀 기울이는
숨결들 들려온다

뿌리마다 음색을 명주실로 깔아놓고
잠자는 대지를 일으키는 손이여
안단테 칸타빌레로
땅의 문은 열리고

흙더미 털어가며 쏟아내는 화음 속엔
낮은음을 쟁기질하는 아카펠라 음성들
뾰족한 활의 끝으로
푸르른 길을 낸다

피아노

두드려라 세상의 소란
고요히 재울 때까지

태초의 선율을 긷는 아름다운 샘터여

새로운 아침을 여는
태양이 뜰 때까지

Temptation

레몬 나무 우듬지로 관능의 햇살 내린다

살구빛 알몸의 조각상을 감싸며

바람은 빠른 속도로 먼지를 닦아낸다

물에 젖은 빨래가 옥상에서 나풀거리고

욕망의 마차에 올라탄 구름들이

낮달과 팔짱을 낀 채

연못 속으로 내려앉는다

관계항relatum*

두루뭉술한 바위 두 개가 서로 마주 보고 있다
뜨거운 이마를 대고 구부린 등으로
귓가를 간지럽히듯 무언가를 속삭이며

금禁을 친 '입산 금지' 울타리를 뛰어넘어
그림자 돗자리 한 뼘이나 넓혀 놓고
구름의 무릎 덮개를 포근히 끌어당긴다
견고한 약속처럼 못다 한 고백처럼
산의 허리 감싸안고 흘러가는 물소리
그 뒤엔 저녁노을이
배경으로 걸려 있다

* 이우환 조각 작품

허공에 城을 쌓다

한낮의 열기가 강물을 데우고 있다

바짓단 걷어올려 강변에 선 아이들

달궈진 가마솥 위로 물수제비를 뜬다

조약돌 끌어올리는 물보라 지렛대

야근하는 별들의 숙소를 지으려고

아뜩한 절벽 오르며

피레네의 성* 쌓고 있다

* 르네 마그리트

키스

볼기뼈 아려오는 그리운 언덕으로

마편초 태우듯 휘감는 밀월이다

목덜미 껴안고 쓰러지는

낙하 같은

카오스,

* 구스타프 클림트의 그림 제목

2부

보들레르 애가

우울의 씨가 자라 뿌리를 흔들어댄다

슬픔으로 제조한 포도주를 마시며

탕녀의 불빛 아래서 부르는 세레나데

사랑으로 날 끝 세우는 피의 언약이여

절규하듯 내지르는 욕망의 분화구여

홀로 선 무대 밖으로 별들은 반짝이는데

힘주어 불러봐도 발음은 갈라지고

연신 까마귀처럼 깍깍거리는 목울대

아뜩히 기울어가던 하늘이 쓰러진다

반딧불이

– 제인 에어*

요람의 공포가 밀려온다 물밀듯
번개가 번쩍이고 뇌우가 쏟아지는 날
고아로 살아가는 세상은 온통 붉은 방 같아라

그 방에 자물쇠가 채워지면 더 아뜩하여라
차갑고 캄캄한 밤 새장에 갇힌 새처럼
아무리 날개를 퍼덕여도 두려움만 쌓이네

어둠을 깨우는 아침의 종달새 소리
싸늘한 안개 부드러운 남풍이 데려가고
복선이 피어나듯이 햇살 가득 손을 내민다

밑그림 속에는 어두운 빛 감돌지만
덧칠하면 할수록 기억은 환해지고
지평선 저 너머에는 여린 싹들이 돋아난다

* 샬럿 브론테의 소설 주인공

시작

말없이 숨어있다가
느닷없이 다가오는
달빛에 젖은 날개 퍼덕이며 다가오는
오컬트 문장을 실은
내 안의 반란이여

초상화

운동화 끈 동여매고 한 여자가 걸어간다
길가, 풀꽃들의 울음소리 들으며
안부가 궁금한 쪽으로
손갓을 하는데

영원하다는 말보다 먼저 간 이별이
노을을 바라보며 손수건에 얼굴 묻듯
가끔은 구름 사이로
어깨를 들썩인다

엘 콘도르 파사

지난밤 꿈속에서 도도새를 보았다
무지갯빛 망토를 화려하게 걸치고
높다란 산맥을 오르는 날갯짓 눈부셨다

고원의 여린 꽃들 연회를 베풀고
새들이 짝을 이뤄 오랫동안 애정했다
숲속은 자연스러운 그들의 방갈로

무례한 점령군처럼 폭풍이 몰아쳤다
야생을 떨게 하는 굉음의 군홧발들
깍지 낀 카바리아나무들 맥없이 쓰러졌다

슬픔은 기나긴 시간 날개를 달아서
산맥의 등줄기 따라 자유롭게 오갔다
호수에 빠진 별빛 위로 콘도르가 맴놀았다

장기 기증

남녘의 친선대사로 다녀온 제비가

가늘게 뜨고 있던 조각상의 눈빛 읽으려

주위를 빙빙 맴돌다 나부시 앉는다

자비를 구하듯 발등에 입 맞추고

상처로 묵은 자국 두 날개로 쓰다듬을 때

타다 만 숯덩이처럼 가쁜 숨 몰아쉬며

제비야! 내 눈은 눈물의 사파이어

천 년 전 인도에서 흘러내린 마음눈이지

내 눈을 뽑아서 던져주오

성냥팔이 소녀에게

* 오스카 와일드의 동화집 「아홉 가지 이야기」(『행복한 왕자』, 최애리 옮김, 열린 책들 2016)에 나오는 내용을 변주함

후원계좌

얼굴을 가꾸려 메이크업을 해보고
마음을 만나려 서적을 뒤적이다가
갑자기 허기가 밀려와
통장을 꺼내본다

지구 끝, 동공만 부어오른 아이들
빈민가 빨랫줄에 어깨 처진 넝마들
눈으로 측량하기 힘든
가난이 눈에 밟힌다

저 멀리 내 발길 닿을 수는 없어도
메마른 가지에 물 한 모금 뿌려주듯
조그만 정성을 모아
연문戀文처럼 띄운다

길

서어나무 가지 사이엔 굽은 길이 나있다
바람이 그 길을 복원하고 싶어한다
멀리서 날아온 새들도
둥지를 틀고 있다

천 길 낭떠러지 위험을 무릅쓰고
허공을 배회하며 화첩을 제작하는
가로수 출판사에선
단풍 화집을 찍고 있다

그림은 명화일수록 고요의 면적이 넓다
순장된 목숨처럼 묵언으로 잠들어 있는
옛길이 되살아날까
책장을 넘겨 본다

마지막 외출
– 톨스토이

텅 빈 짐칸에 영혼을 싣고 떠나 볼까

속도 내는 바람이 구름 등에 오르듯

종착역 향해 달리는 쓸쓸함을 예매하네

귓전을 때리던 불협화음 들리지 않아

오래 앓은 기침 소리 삼등석처럼 덜컹거리고

수염을 타고 흐르는 시름에 등이 휘네

저 멀리 꺾어진 두 갈래 선로 위로

외출하듯 그믐달 천천히 내려오면

눈물의 불빛을 싣고 기차는 떠나가네

비단벌레

– 쪽샘지구 44호분

고요가 내려앉은
팔작지붕 아래
조용한 걸음으로 화원을 거닐면
신라금 연주하듯이 풀벌레 소리 들려온다

팽팽한 빛의 화살
쏘아대는 허공 사이로
구름 승마 오르며 수렵에 나선 새들
그 아래 붉각시나무
양팔 벌려 막아섰다

날갯죽지 팔랑일 때마다 날아오르던 꿈
새벽을 슬어놓은 시간은 흩어지고
점점 더 말 없는 곳을 향해
두 눈을 감는다

나의 슬픈 전설의 22페이지*

사막 한가운데 불시착한 광활한 고독
맹수의 이빨에 맞서 번득이는 칼끝처럼
갑옷을 벗어 던지고 야생의 등에 업혔다

시퍼렇게 피멍 든 판도라 늪에서
꿈틀대는 뱀들이 쉴 새 없이 기어 나와
머릿결 숲을 스치며 이마를 에두른다

몬순 바람 정처 없이 산맥을 넘어가고
핏빛으로 번지는 저녁노을 눈자위에는
붓으로 그릴 수 없는 독기가 스멀거린다

* 천경자 화가의 그림 제목

빈 배
– 폴 고갱

　벌거벗은 수평선 위로 화첩이 펼쳐지면 원시를 탐험하는 온갖 물음표들이
　꿈꾸는 조각배처럼 점점이 떠 있다

　어디서 왔으며 어디로 가는가? 질문 앞에 고심하며 돛을 높이 올려보지만
　때로는 휘우듬하게 불안이 넘실거린다
　물결의 가쁜 호흡으로 헤엄쳐 닿은 섬, 절벽 위 구름은 부풀다 사라지고

　나포된 빈 배 위에는 젖은 노을이 붉다

아웃 오브 아프리카*

I.
여기는 아프리카 자연의 왕국입니다
기린들 무리를 지어 긴 행렬 끝없습니다
사자는 백수의 왕답게 두 눈 감고 고민합니다

II.
미모사나무 숲에는 천연한 가시들 돋아
코뿔소가 단단한 코로 전지를 하는데
영양 떼 산봉우리 향하여 올라가고 있습니다

오두막 학교가 개강했나 봅니다
분필 가루 휘날리듯 커피 꽃들 자욱합니다
영그는 붉은 열매처럼 아이들이 자라납니다

은종 닮은 웃음소리 새들이 퍼 나르고
좁다란 산길 따라 일렬로 걸어가는
아낙들 어깨 위에는 꿈들이 출렁입니다

메마른 실뿌리들 밭둑을 휘감으면
머리를 땅속에 박고 있는 타조처럼
노파는 등을 구부린 채 갈퀴질을 합니다

붉은 머리 잘라버리고 원주민 속으로
평행선을 긋기 위해 한 여인이 걸어옵니다
가녀린 그녀의 팔뚝에서 젖과 꿀이 흐릅니다

어느 날 편지인 듯 도착한 비행기 한 대
사랑과 그리움을 싣고 날아가다
추락한 슬픔의 한 페이지 후주로 연주됩니다

Ⅲ.
작별을 위해서 축제가 열립니다
고백하듯 벌거벗은 몸으로 춤을 춥니다
눈물의 피날레처럼 어둠 속 별이 반짝입니다

* 카렌 블릭센의 소설

타이타닉

포세이돈의 수수께끼는 뿌리박혀 있었다
해무만이 그 문제의 정답을 알 뿐이다
자본의 깃발을 펄럭이며 배 한 척 출항한다

오만의 독주였을까 문명의 폭주였을까
어둠마저 삼킬 듯 거센 폭풍 몰아치면
빙산의 뼛조각처럼 부서지는 슬픔들
갑판 위 탄주하던 絃들도 흩어지고
물결의 등뼈들이 부딪다 잠든 사이
처연한 몸부림으로
얼음꽃 피우고 있다

The 19호실*

권태로움이 죄인 듯
눈빛 가라앉으면
처진 어깨 봉을 넣은 산맥의 젖줄기를
입안에 서너너덧 날 가만히 머금고 싶네

그 처녀지 어디쯤에서
모닥불 타오르고
야상곡 흐르듯 은하수 띠 띠면
텐트 안, 떨리는 어깨가 낯선 밤을 껴안겠네

* 도리스 레싱의 소설 제목의 일부를 차용

47

3부

물의 행성

땅의 숨결 찾으며 왈츠가 시작된다 우물가든 계곡이든
떠도는 구름이든

자연의 리시버마다 이슬이 맺히고 있다

메타버스 도서관

메타버스 도서관 출입문이 열린다

날씨는 무덥고 바람은 갇힌 듯하니

오늘은 해변도서관에서 책들을 읽어 볼까

아바타 큐레이터의 군더더기 없는 말씨

씻겨간 모래알처럼 투명하고 산뜻하다

바람이 부는 쪽으로 독후감을 주고받듯

오색의 비치파라솔 쓰고 앉은 아바타들

끝없이 펼쳐진 수평선 저 너머로

제페토 문을 닫으며 하나둘 사라진다

아틀라스의 손*

살아있는 신화를 나무에서 읽는다
어둠의 결을 따라 돋아난 눈물과 함께
하늘을 머리에 이고 서 있는 그림자

그 두께를 시시각각 깎고 있는 빛의 손길
덜 쬐인 바람결에 이파리들 나부낄 때
낮달은 소매를 걷어붙여 가지치기 하고 있다

* 휴머노이드 로봇

시뮬레이션

수술실 안에는 로봇이 살고 있어
투시력을 보조하려고 다지증을 자청했지
3차원 그래픽으로 태어난 환자를 위해

척후병처럼 맥가이버처럼 샅샅이 탐색하여
남몰래 침투한 그림자를 잘라버리지
흰 가운 걸치고 앉은 다빈치 의료인

햅틱은 영혼의 거처*를 찾지 못하고
환한 빛 복사하던 무영등도 눈을 감으면
어둠의 틈새 사이로 상처가 아물고 있어

* 뇌를 가리킴.

54

VR 콘서트

헤드셋을 쓰면 콘서트가 시작됩니다
기억의 무대로 당신을 불러와
오로지 나만을 위해 노래하길 원하죠
우린 함께 들판으로, 언덕으로 달려가
타오르는 열정에 소리도 질러보고
힙합의 비보이처럼 공중회전도 해봅니다

손 뻗으면 닿을 듯 생생하게 다가와도
나무 위로 올라가 비파 켜는 요정처럼
로맨스 판타지 속에서 그만 길을 잃어버려요

몰입의 현기증은 어지러운 화신일까요
숲에 갇힌 메아리 귀 밖으로 맴돌 때
차가운 블랙 미러 거두며 별들이 깨어납니다

빅스비 운항

명령이 떨어지면 선착장을 빠져나간다

미로를 개척해 가던 콜럼버스의 항해처럼

푸른 꿈 가득 싣고서 엔진을 돌리는데

목쉰 듯 파도의 애절한 노랫소리

세이렌의 마력인가 부드럽게 넘실댄다

돛대에 매단 깃발들 구호처럼 외쳐대고

9노트로 밀고 가는 서녘 바람 드세어도

무사한 귀항과 접안을 향하여

당신께 복명복창하는 앵무새 한 마리

* AI 음성 비서

식목 코딩coding

모니터 안으로 묘목들을 심는다
토양을 고르느라 커서가 움직이면
돌부리 도드라지게
굴뚝새처럼 튕겨나간다

코드에 맞추어 뿌리내리는 유목들
버그처럼 곳곳에 뒤엉킨 잡초를
말끔히 디버깅하며
생각을 가다듬는다

비바람 휘몰아쳐 가지를 꺾어놓고
에러가 귀청을 두드릴 때마다
빗물로 헹궈내듯이
새순이 돋아난다

수많은 시간을 후숙해온 땅의 에디터
상처 난 자리에 햇살이 들어앉듯
모니터 가로수들이
푸르게 넘실댄다

@의 안내문

도메인 나라에 오심을 환영합니다

탐험하다 길 잃고 헤맬 수 있으니

손전등 준비하세요

안전 키도 잊지 마시길!

아카펠라 신전

천장화로 그려놓은 한 시대의 변주일까

두 눈 뽑혀 포승줄에 결박당한 장수의

온몸을 타고 흐르던 간절한 기도처럼

우뚝 선 회랑에 가닿는 메아리일까

통곡의 벽 앞에서 선율이 되는 눈물

신전을 둥둥거리며 음들이 승천한다

지문으로 읽다가

핏줄이 싸늘하던 겨울 그새 지나가고
나이팅게일 울음으로 장미꽃 피어나면
가시에 심장을 찌르는
한 소절 봄비 소리

소나기

먹구름 틈 사이로 빗방울 쏟아지면

고요하던 물결이 팥죽처럼 끓고 있다

에두른 징검다리를 어떻게 뚫고 갈까

송사리 떼 놀라 도망가는 그 길 따라

황급히 몸을 피한 가랑잎의 움막 아래

유년을 놓쳐버린 듯

엷은 슬픔이 떠내려간다

* 황순원의 소나기 연상

캘린더를 새로 걸며

여운이 가득한 잔을 감싸봅니다

열병 같던 지난 계절 그리움이 또 번지네요

우정은 은은한 온기 연정은 목마른 불꽃…

벤치

햇살이 모여 앉아 조잘대는 가로수길
그 사이로 듬성듬성 의자들이 놓여 있다
두 발을 뻗은 그림자 비스듬히 누이고

꼬리 물고 오가던 인적 소리 잦아들면
오수를 즐기려 내려오는 구름들
풀어진 제 몸을 감고 등받이에 기댄다

인생이란 길 위에 새겨진 쉼표처럼
잠시 잠깐 머물다 떠나는 여행이라고
누군가 귓속말해 주고
바람처럼 스쳐간다

적소를 찾아서

무심결에 단추 하나 떨어져 나갔다
관계를 맺고 있던 가장자리 올이 풀려
반추에 몰입하듯이 해진 곳 더듬는다

앞섶을 여밀 때마다 사이를 생각했다
궁리로 단단해진 매듭 끈 풀어 헤쳐
멍울진 그 손끝으로 붙박이별 찾는다

붓글씨

명언 한 구절을 한지에 옮겨 본다
바람을 휘감아 날이 선 붓끝에는
그렇게 살고자 하는
결심이 맺혀 있다

아픔을 견뎌온 사람끼리 부비는 등
먹물인지 눈물인지 헤젓다가 휘청거려도
진자리 첨벙거리며
중심을 잡고 일어선다

글자에도 주름이 생긴다는 걸 알았다
군살 박이듯 제 가슴 오목하게 팬 사연들
유리관 속에서라도
글밥을 짓는다

4부

박새

새들이 깃든 나뭇가지가 파르르 떨고 있다
사라진 둥지 안 새끼들을 찾는 어미 새
가녀린 다리가 후들
지구가 기울고 있다

그 누가 데려갔을까 이리저리 쫓아다니며
바람에게 물어봐도
햇살에게 물어봐도
대답은 들려오지 않고
울타리만 들썩인다

숨바꼭질 시뮬레이션 보여주는 구름 한 채
긴 꼬리를 내밀었다 이내 감추는 고양이
지난밤 알리바이가
담장을 넘고 있다

카페 작가

카페 안으로 들어오는 오후의 그림자
자리를 잡으려고 주춤대는 동안
무반주 첼로 가락이
분위기를 깔아 준다

어지럽게 부유하는 오늘의 상념들
알맞게 우려낸 차 한 잔 앞에 놓고
머리칼 빗질을 하듯
다듬어 앉혀 본다

세상의 길목에서 수없이 헤매던 것들
어둠을 털고 일어난 창가의 꽃들처럼
화안한 봄볕 아래서 피어나게 하고 싶다

둥지 카페

고요를 예약한 뒤
색깔 시선 다 지우고
빛줄기도 지워 버린
나무 그늘로 와 보세요
잎처럼 싱싱한 새들이
옹이 안을 드나드는 곳

어둠끼리 정이 들면 빛이 빚어집니다
암수 서로 부리 쪼아 깃털 다듬어 주면
사랑의 미립자들이
꿈을 찾아 날아옵니다

바다

넓은 품을 가지게 되면
말수가 적은 걸까요
수평선을 그어놓은 채 육지와 맞선 바다는
오늘도 말이 없네요
한없이 바라만 볼 뿐

귀에 대고 소리쳐도 꿈적하지 않네요
치열한 사유가 내뿜는 숨비소리로
수평선 끝을 당기며
파랑치곤 하지만

해

어슴푸레 깨어나는 숲속 창문 앞에서

푸드덕 노크하는 새들의 아침 인사

갓 눈뜬 우듬지 위로 회전문이 열린다

높은 데서 낮은 데로 흘러가는 물길처럼

고요히 어둠을 흔들던 젖은 울음

엎드린 산등의 몸을 빌려

혼혈아가 태어난다

시간 속으로

잠영을 하는 통발엔 긴장감이 맴돈다
아마존강 유역의 포식자 악어처럼
때로는 당첨을 기다리는
로토 복권처럼

하늘이 품고 있던 영롱한 빛 알갱이
드리운 어둠 속 물결 위로 헤엄치자
은비늘 반짝거리며
부화되고 있다

오늘도 마음 활짝 열어 놓은 바다에서
촉지로 탐색하는 낮게 깔린 그림자
세계는 안녕이 없다
숨 막히는 전쟁뿐이다

윈드서핑 애호가들

피아노 뚜껑을 열면 파도 소리 들려온다

바다로 출항하는 열 손가락 서퍼들

물결을 조율하면서 돛대를 올린다

잔잔한 저음도 칼날 같은 고음도

일상을 편곡한 저 노도의 건반 위로

바람의 음표를 따라

끝없이 흘러간다

강가에서

강물이 헤엄쳐 삼각주에 이른다
솔기가 터지고 살갗이 드러나면
해어진 물결 깁느라
눈자위가 붉어지고

귀퉁이를 자르는 들숨 날숨 모래톱
풀섶을 덧대는 귀뚜라미 홈질은
뻥 뚫린 가슴 후비며
상처를 여며 준다

늦은 밤 잠든 자식 등까지 덮어주던
어머니 손을 닮은 달빛이 내려오면
잔잔한 물결도 재워
세상이 화평하다

오리 증후군

필연을 '필히'로 적어낸 답안지에
X도 O도 아닌 △가 그 점수였다
하늘의 절반을 뒤덮은
먹구름처럼 우울했다

숨이 멎은 교실 안 성적이 발표되면
근소한 차이로 맞힌 자도 못 맞힌 자도
발밑을 동동거리는
아, 불안한 평등이여

도라지꽃

밤을 헤치며
깨어나는 별꽃들
내일이면 이글거리며
솟아날 태양을 위해
보랏빛 옥합 깨뜨려
그 발등에
입을 맞출,

어느 강연장에서

빼곡히 둘러앉은 청중들을 향해서
강사가 끼얹는 언어 세례 폭포수였다
시간이 끝날 때까지
강의실은 적막했다

집안에 버려야 할 폐품 하나 있어요
누가 번쩍 일어나 그 적막을 깨뜨렸다
고집은 재활용될까요
라벨도 해졌거든요

파도에 부딪혀 상처 입은 섬들이
슬픔의 물결에 서로 몸을 씻으며
지금은 이것이 위로라고
용감하게 눈을 맞춘다

흙담

한때는 온 식구의 피가 도는 울타리였을,
산길 모퉁이에 흙담 고요하다
짚가리 듬성듬성 박여
얼굴빛 푸석한 채로

구부정한 허리 사이
바람이 파고든다
깎여지는 표피처럼
주름진 자화상 앞에
일평생 부목인 듯이
그림자 서 있다

대봉감

발길 뜸한 비탈길

햇살 종종 찾아오지만

새벽 찬서리에 인내도 곱게 익는다

늦가을 소풍을 떠나는

새들의 단골 휴게소

모내기

원고 마감일이 점점 다가오면

자판에서 키워놓은 글밥들을 옮겨 본다네

무논의 교열작업에

눈금 긋는

새벽 세 시

질문

대상과의 만남이 내가 바라는 것

가파른 절벽을 기어오르는 담쟁이처럼

촉수로 더듬거리며

쉬지 않고 나는 간다

결구를 찾으려 헤매는 불면의 밤

얼마나 쓰고 지워야 한 문장이 완성될까

얼마나 나를 비워야 참 나와 마주할까

삶의 근원에 대한 섬세한 예술적 사유와 해석
— 김하정의 시조 미학

유성호(문학평론가, 한양대학교 국문과 교수)

1. 자기 탐색과 치유라는 서정시의 권역

서정적 발화의 본질은 일인칭 주체의 자기 고백적 표현에 있다. 허구적으로 누군가에게 말을 건네는 순간에도 본질적 화자는 시인 자신이 된다. 물론 공적 담론의 발화자 설정이 얼마든지 가능하겠지만, 그럼에도 서정시의 자기 탐색 속성은 전혀 줄어들지 않는다. 그런가 하면 서정시는 세련된 미학적 거처를 마련하면서 거기서 다른 범속한 발화들과 자신을 적극적으로 구별해 낸다. 투박한 고백이 아니라 수많은 대상, 장치, 언술을 통해 미학적으로 '다른 목소리the other voice'를 생성해 내는 것이다. 그 점에서 김하정의 이번 시조집은 스스로를 향한 인생론적 고백의 도록 圖錄이자, 세련된 예술적 텍스트와 자신의 언어를 결속한 미학적 화폭으로 다가온다. 따라서 우리는 김하정의 음역 音域이 치열한 자기 탐색과 예술적 치유라는 전형적인 서정시 권역 속에서 구축된 세계임을 알게 된다. 이러한 균형과 긴장이 시인을 삶의 근원 쪽으로 끌어당긴 힘이었을 것이다. 그러나 그의 시조가 완고한 자기 집착에 머무르는 것은 결코 아니다. 오히려 시인은 타자와의 소통을 열망함으로써 사람들의 다양한 목소리가 틈입하는 통로를 만들어내고 있다. 이제 그 광활한 세계 안으로 천천히 들어가 보도록 하자.

2. 삶의 가장 근원적인 가치들에 대한 지극한 믿음

두루 알려져 있듯이, 시조를 포함한 서정 양식은 지난날에 내한 애틋한 기억을 통해 삶에 한없는 생명력을 불어넣는다. 그럼으로써 새록새록 찾아드는 삶의 고통과 어려움을 견뎌가게끔 해준다. 기억과 견인의 상상적 기록으로 다가오는 김하정의 시조는 삶의 비애와 상처를 다스리고 치유하는 방법으로 기억과 견인을 선택하고, 나아가 오랫동안 몸을 담가왔던 상처와 그리움의 에너지를 시조집 곳곳에 배열해 간다. 안으로만 울음을 유폐시켰던 기억으로부

터 바깥 풍경으로 눈을 돌리는 상상력의 전회轉回 과정이
이러한 원리를 뒷받침하고 있다. 하강적 자기 연민을 벗어
나 궁극적 자기 긍정에 이르고, 소멸의 필연성을 인정하면
서도 그 안에서 또 다른 존재 생성을 만나려는 역설의 시
법詩法이 이러한 지향을 떠받치고 있다 할 것이다. 먼저 다
음 작품을 읽어보자.

명령이 떨어지면 선착장을 빠져나간다

미로를 개척해 가던 콜럼버스의 항해처럼

푸른 꿈 가득 싣고서 엔진을 돌리는데

목쉰 듯 파도의 애절한 노랫소리

세이렌의 마력인가 부드럽게 넘실댄다

돛대에 매단 깃발들 구호처럼 외쳐대고

9노트로 밀고 가는 서녘 바람 드세어도

무사한 귀항과 접안을 향하여

당신께 복명복창하는 앵무새 한 마리

—「빅스비 운항」전문

　'빅스비'는 인공지능 음성 비서의 이름으로, 최근 개발된 자율운항 선박의 이름이기도 하다. 인공지능은 명령이 떨어지면 선착장을 빠져나가 콜럼버스의 항해처럼 스스로 푸른 꿈을 싣고 엔진을 돌린다. 파도의 애절한 노랫소리를 세이렌의 마력처럼 넘실대게 하면서 깃발들이 큰소리로 외치는 바다를 개척해 간다. 비록 바람이 드세게 불어도 "무사한 귀항과 접안"을 향해 인공지능은 "복명복창하는 앵무새 한 마리"처럼 직무를 수행한다. 결국 이 작품은 우리의 삶 깊이 찾아온 인공지능의 한 모습을 보여줌으로써 우리의 미래가 어떤 매혹적 마력으로 미로를 열어갈 것인가를 순간적으로 예감케 해 준다. 하지만 그 목소리를 "앵무새 한 마리"의 복명복창으로 갈무리함으로써, 시인은 인공지능이 영혼 없는 삶의 동반자임을 함께 증언한다. 여전히 "살아있는 신화를 나무에서 읽는"(「아틀라스의 손」) 김하정 시인의 생명 지향성이 약여하게 암시되는 순간일 것이다. 다음은 어떠한가.

　　무심결에 단추 하나 떨어져 나갔다
　　관계를 맺고 있던 가장자리 올이 풀려

반추에 몰입하듯이 해진 곳 더듬는다

앞섶을 여밀 때마다 사이를 생각했다
궁리로 단단해진 매듭 끈 풀어헤쳐
멍울진 그 손끝으로 붙박이별 찾는다

—「적소를 찾아서」 전문

김하정 시인은 인공지능의 틈입을 넘어 가장 근원적인
질서에 대한 궁극적 신뢰를 보낸다. 무심결에 단추가 떨어
져 나가자 시인은 "관계를 맺고 있던 가장자리 올"을 생각
한다. 해진 곳 더듬으면서 반추에 몰입하는 것이다. 이처
럼 '단추/반추'의 언어유희pun를 동반하면서 시인은 '적소
謫所/適所'를 거듭 생각한다. 앞섶을 여밀 때마다 '사이'를
소환하면서 오랜 궁리로 단단해진 매듭 끈을 풀어 "붙박이
별"을 찾는다. 이렇게 가장 아름다운 적소를 찾아 나선 시
인의 모습이 아련하게 다가온다. 이처럼 김하정 시인이 사
유하는 적소에의 반추 과정은, 인공지능의 세상을 넘어,
가장 근원적인 '관계'와 '사이'를 함축적으로 예시해 준다.
"눈물의 피날레처럼 어둠 속 별이 반짝"(「아웃 오브 아프
리카」) 하는 장면에서 시인이 찾아갈 '붙박이별'이 어른거
리는 듯하다. 그렇게 "연문戀文처럼 띄운"(「후원계좌」) 시
인의 목소리가 참으로 따듯하게 전해지고 있다.

김하정 시인은 우리 사회에 다가온 새로운 인공적 징후를 반영하면서도 삶의 가장 근원적인 가치들에 대한 지극한 믿음을 보여주는 데 진력한다. 그리고 여전히 사람살이의 구체성을 강조함으로써 문명의 위기와 실존의 심연을 동시에 응시하고자 한다. 그 원형이 '사이'의 이미지로 승화되는 과정을 시조로 써간다. 그리고 근원을 향하고 근원으로 화하려는 남다른 의지를 노래한다. 삶의 깊이를 채굴해 들어가는 언어의 갱부를 자임하는 것이다. 이처럼 자신에게 주어진 시간과 경험을 탐구하면서 가혹한 세계를 견뎌가는 것이 그가 가지고 있는 서정시인으로서의 탁월한 사유와 감각이라고 해야 할 것이다. 그렇게 김하정의 시조에는 척박하고 불우한 시대를 건너온 시인의 내면이 잘 부조浮彫되어 있으며, 의심할 여지없이 우리는, 이러한 아름다운 시간들이 김하정 시조의 발생론적 거점을 이루고 있다는 것을 깨닫게 된다.

3. 안팎을 탐사해가는 시인으로서의 존재론

　원래 서정시가 구현하는 '시적인 것'은 대상 자체의 재현이나 주체의 내면의 토로 이상의 어떤 것을 함축하게 된다. 많은 이들은 한 편의 완결된 서정시에 담긴 소우주를 경험하면서 자신의 몸속에 빛나는 경험 하나를 각인하게 된다. 그래서 그 안에 담긴 '시적인 것'은 대상 자체에 대한 사실적 정보도 아니고 그것을 해석하는 주체의 신념 또한 아니게 된다. 그것은 주체와 대상이 하나의 정황context에 서 만나는 관계 양상을 언어적으로 창조해 낸 구성물일 뿐만 아니라, 거기에 어떤 고유한 세계를 담아낸 하나의 '소우주microcosmos'이기도 할 것이기 때문이다. 김하정 시인은 그 소우주 안으로 자신의 자의식을 힘차게 불어넣고 있다. 말하자면 '시인 김하정'이 이번 시조집의 가장 중요하고도 일차적인 목적어가 되는 셈이다. 누구보다도 강렬한 자의식으로 개성적인 시조를 써가는 시인의 모습이 담긴 시편이 여럿 발견된다.

원고 마감일이 점점 다가오면

자판에서 키워놓은 글밥들을 옮겨 본다네

무논의 교열작업에

눈금 긋는

새벽 세 시

―「모내기」 전문

대상과의 만남이 내가 바라는 것

가파른 절벽을 기어오르는 담쟁이처럼

촉수로 더듬거리며

쉬지 않고 나는 간다

결구를 찾으려 헤매는 불면의 밤

얼마나 쓰고 지워야 한 문장이 완성될까

얼마나 나를 비워야 참 나와 마주할까

—「질문」전문

글 쓰는 작업을 '모내기'에 비유한 앞의 시편은, "원고
마감일"에 "자판에서 키워놓은 글밥들"을 옮김으로써, 활
자를 써가는 자신을 논매기를 하는 농부에 비유한다. "무
논의 교열작업에//눈금 긋는" 시간은 어느새 새벽이다. 한
낮 '모내기'와 한밤 '시 쓰기'는 그렇게 은유적으로 겹친다.
그런가 하면 뒤의 시편에서 시인은 '질문'이라는 행위를
시 쓰기의 본질로 치환한다. 시인으로서의 존재론은 결국

"대상과의 만남"에서 이루어지는 것이 아닌가. "가파른 절벽을 기어오르는 담쟁이처럼" 쉬지 않고 대상을 향해 나아가는 모습에서 우리는 시인이 치르는 "결구를 찾으려 헤매는 불면의 밤"을 만나게 된다. 그때 시인의 마음속에서 일어나는 "얼마나 쓰고 지워야" 혹은 "얼마나 나를 지워야" 하나의 문장이 완성되고 '참 나'를 마주하게 될까 묻는 질문이야말로 시인으로서의 존재론을 선명하게 보여주는 은유일 것이다. 그렇게 시인은 "글자에도 주름이 생긴다는 걸"(「붓글씨」) 알아가면서 "문장을 실은/내 안의 반란"(「시작」)을 끝없이 품고 시인의 길을 걸어가고 있다.

　　보편적으로 시인들은 자신의 내면에서 상반되는 충동 사이의 균형을 이루고자 한다. 그때 사물과 자신 사이의 '미적 거리aesthetic distance'를 마련하게 된다. 사물과 주체가 가지는 심리적 거리이기도 한 그것은 사물의 내부로 침윤하게 될 경우 가까워지고 사물의 바깥과 거리를 유지할 경우 멀어지게 마련이다. 김하정 시인은 이러한 양면성을 균형 있게 보여주면서 자신의 시선을 사물의 내부로 향할 때는 성찰의 기율을 만들고 사물의 바깥으로 시선을 확장할 때는 현저하게 세계를 향한 해석의 속성을 띠어간다. 이러한 과정을 통해 '모내기/질문'으로서의 시 쓰기를 지속해 가는 것이다. 자신의 내부와 외부를 모두 끌어안으면서 시 쓰기를 통해 자신의 안팎을 탐사해간다. 모국어의 정점을 구축하면서 이번 시조집으로 하여금 스스로의 메

타적 지향도 가지게끔 하고 있는 것이다. 모두 시인으로서
가지는 진정한 자의식의 선명한 표지標識가 아닐 수 없다.

4. 예술적 상상력의 다양한 결실들

이번 시조집에서 우리가 빈번하게 발견하는 것은 김하
정 시인의 세련된 상호텍스트성이다. 그는 인물, 음악, 미
술 등 다양한 텍스트들을 자신의 시조로 호출하여 언어와
결속시키는 작업을 줄곧 수행한다. 이때 그의 언어적 파동
은 자신의 기억과 통합되면서 시인으로 하여금 자신의 예
술적 지향을 다시 한번 사유하게 해 준다. 그러한 사유는
어떤 해석 과정을 한결같이 동반하는데, 이는 소멸의 전조
前兆 앞에 놓인 한시적인 것이 아니라 삶 가운데 지속되어
갈 영속적 존재 조건으로 승화해 간다. 그의 시조는 이러
한 언어적 파동에 의해 묶여 있고 그것을 통해 동일성을
환기하는 서정의 원리를 충실하게 보여준다. 흔치 않은 언
어적 풍경을 내장하면서 자신만의 고유하고도 뚜렷한 음
역音域을 담아간다. 이 모든 것이 감상 과잉의 차원에서 벗
어나 삶의 보편적 이치에 가닿으려는 그만의 격이자 품이
라고 할 수 있을 것이다. 그만큼 시인은 삶의 심층을 투시
하는 과정에서 자신의 예술적 경험을 통해 고유한 미학적
가치를 세워간다.

집안 벽면에는 거울 하나 걸려 있었다
까치발 키 재기는 수채화 풍경처럼
그 위로 비바람 불며 빗금을 치기도 했다

부모의 거울이라는 반사경 아이가
배경으로 들어오던 뒷산을 고이 접어
푸르른 꿈을 향하여 먼 길을 나섰다

바위산 오르는 사슴의 발처럼
넘어져도 일어서라는 가훈을 목에 걸고
날마다 거울 앞에서
옷깃을 여미었다

구름의 동맥이 파열되던 어느 날
눈 뜨고 보아도 보이지 않는 음영이
금이 간 거울 속에서
한동안 일렁거렸다

―「데칼코마니」 전문

원래 '데칼코마니'는 어떤 문양을 종이에 찍어 얇은 막
을 이루게 한 뒤 다른 표면에 옮기는 것을 말한다. 지금은
그 의미를 확장하여 좌우 대칭의 무늬를 만드는 방법을 뜻

하기도 한다. 시인은 자신의 삶을 '거울'이라는 사물에 투영하여 회상의 데칼코마니를 완성해 간다. 집안 벽면에 걸린 거울은 수채화 풍경처럼 "비바람 불며 빗금을" 치던 시절을 비추어주었다. 아이는 "부모의 거울"로서의 '반사경'이었고 어느덧 성장하여 "푸르른 꿈을 향하여" 먼 길을 떠났다. 사슴처럼 난경難境을 넘어서라는 가훈을 품으면서 "거울 앞에서/옷깃"을 여미고 살았다. 가끔씩 "눈 뜨고 보아도 보이지 않는 음영"이 "금이 간 거울" 안에서 일렁거릴 때 그 '데칼코마니'는 삶의 새로운 난경을 반영하는 예술적 은유로 변형되어 간다. 그렇게 시인은 자신이 그려온 데칼코마니를 통해 "어둠을 흔들던 젖은 울음"(「해」)을 바라보고 "바람결에 엉켜있던 초록의 심장들"(「아이비 퍼포먼스」)도 만나고 있는 것이다.

비끼어 앉아 포갠 양손은 연리지인가
고통의 뿌리는 표정으로 가린 채
머리도 꼬리도 아닌 스핑크스 암각화

신비의 미소처럼 노을 차츰 번져갈 때
수수께끼 감도는 오묘한 입가에는
마법을 걸어놓은 듯
敵意가 짙어간다

—「모나리자」전문

발길 뜸한 비탈길

햇살 종종 찾아오지만

새벽 찬 서리에 인내도 곱게 익는다

늦가을 소풍을 떠나는

새들의 단골 휴게소

—「대봉감」 전문

'모나리자'는 레오나르도 다 빈치가 르네상스 때 그린 작품으로, 이탈리아 피렌체에 살던 한 상인의 부인을 그린 초상화라고 전해진다. 색의 깊이, 부드러운 명암 처리 등이 가장 예술적인 경지를 이룬 작품으로 유명하다. 가지런히 모은 손과 온화한 미소는 그쪽의 이상적 여인을 묘사한 듯 보이기도 한다. 시인은 "비끼어 앉아 포갠 양손"을 '연리지'에, 부드러운 표정으로 가린 그녀의 고통을 '스핑크스 암각화'에 비유한다. "신비의 미소"와 "오묘한 입가"에서 마법 같은 적의敵意의 순간을 읽기도 한다. 이는 시인 특유의 새로운 독법讀法으로서 김하정만의 예술적 순간이 새로운 해석 과정을 펼친 사례라고 할 수 있다. 물론 자연 그

대로의 명화名畫도 있다. 햇살만 종종 찾아오는 비탈길, 새벽 서리에 곱게 익어가는 인내의 결정結晶으로서의 대봉감 말이다. "늦가을 소풍을 떠나는//새들의 단골 휴게소"가 시인에 의해 선연하게 그려진 것이다. 이처럼 김하정 시인은 그림이나 자연이나 모두 이채로운 개성적 해석을 통해 자신만의 예술적 순간을 잡아내고 있다. 그래서 "명화일수록 고요의 면적이 넓다"(「길」)라고 말할 수 있었으리라.

우리 시대는 디지털 문명의 거침없는 대두와 그 무반성적 확산의 시간을 날마다 쌓아가고 있다. 그동안 인류 역사를 축적해 왔던 예술적 행위나 감성 모두를 낡은 것으로 만들면서 질주해 가는 그 속도는 시간 자체가 물질이 아닌가 하는 생각이 들 정도로 체감도가 크다. 이러한 속도전에 대한 예술적 저항을 통해 김하정 시인은 그러한 세계로부터 탈영토화 할 수 있는 조건을 마련해 간다. 자신만의 어법과 태도로 세계를 해석하는 일에 매진해 온 그는 그 점에서 오랜 지성적 축적으로 묵묵히 수행해 온 '언어의 농부'이다. 그리고 이번 시조집은 시인으로서 지어간 '언어의 집'일 것이다. 결국 시인은 꾸준히 자신의 세계를 심화해 가는 예술적 자의식과 상상력의 결실을 이번 시조집의 근간으로 삼은 셈이다.

5. 음악적 자의식이라는 구심력의 부여

마지막으로 우리는 김하정 시인의 예술적 상상력 가운데 악기를 통해 울려지는 음악의 결을 만날 수 있다. 물론 서정시에서 음악이란 자연의 리듬에서 상상되고 전이되고 유추된 어떤 것이다. 낮과 밤, 밀물과 썰물, 천체나 계절의 움직임 등에서 우리는 리듬을 찾을 수 있고 몸의 맥박이나 걸음걸이에서도 특유의 리듬을 발견할 수 있다. 리듬은 이같이 자연 일반의 원리이고 그것이 인간의 내적 욕구를 반영한 결실로 나타난 것이 음악일 것이다. 그리고 이 모든 것은 우주와 몸의 복합성과 다양성 때문에 나타나는 필연적 현상이다. 시인은 여러 악기를 통해 우주 현상과 자연의 리듬을 강약, 명암, 생멸의 물질성으로 환원한다. 노래와 탄주의 형식으로 이어지는 그의 시편들은 그래서 음악적 자의식으로 충일하게 다가오고 있다.

두드려라 세상의 소란
고요히 재울 때까지

태초의 선율을 긷는 아름다운 샘터여

새로운 아침을 여는
태양이 뜰 때까지

팽팽히 감아 둔 바람의 현 위로

멀리서 다가와 앉는 집시 같은 허기가

저녁의 애절함으로 끝없이 불타오른다

자유를 갈구하는 너는 앨버트로스

호흡마다 쟁쟁한 기억들 날개에 싣고

그리움 이기지 못해

어디론가 날아간다

— 「바이올린 – 치고이너바이젠」 전문

서양 악기의 대명사인 '피아노'는 시인에게 세상의 소란을 고요히 재우는 "태초의 선율을 긷는 아름다운 샘터"이다. 새로운 아침을 열어가는 태양처럼 그 연주는 아름답고 생생하고 역동적이다. 피아노 특유의 역동성과 고요함이 이중주처럼 다가오는 시편이다. 그다음으로 시인이 그려

가는 '바이올린'은 '치고이너바이젠'이라는 독주곡을 통해
전해진다. 집시들의 분방한 정열 그리고 그 밑바닥을 흐르
는 특유의 애수와 우울이 담긴 명곡이다. 시인은 "팽팽히
감아 둔 바람의 현"을 떠올리면서 "멀리서 다가와 앉는 집
시 같은 허기"를 느낀다. "저녁의 애절함"으로 불타오르는
그네들의 열정과 허기, 그야말로 예술적 충동의 양면성이
아닐 수 없다. 그 안에는 자유의 갈구가 있고 쟁쟁한 기억
이 있다. 그 모든 것을 날개에 싣고 비상하는 앨버트로스
의 환각 속에서 시인은 먼 곳을 응시하고 그리워하는 예술
적 충동의 기원origin을 불러온다. "어둠을 털고 일어난"
(「카페 작가」) 비상의 꿈이 그 안으로 흐르고 있다.

바람의 손길이 현 위에 닿으면
겨우내 얼었던 날갯죽지 아래로
몸 말고 귀 기울이는
숨결이 들려온다

뿌리마다 음색을 명주실로 깔아놓고
잠자는 대지를 일으키는 손이여
안단테 칸타빌레로
땅의 문은 열리고

흙더미 털어가며 쏟아내는 화음 속엔

낮은음을 쟁기질하는 아카펠라 음성들
뾰족한 활의 끝으로
푸르른 길을 낸다

　　　　　　　　　—「봄을 위한 연가 – 첼로」 전문

　이번에는 '첼로'로 옮겨간다. 첼로가 연주하는 '봄을 위한 연가'는 겨우내 얼었던 날개 아래로 바람의 손길이 현 위에 닿아 "몸 말고 귀 기울이는/숨결"을 느끼게끔 해준다. 잠든 대지를 일으키고, "안단테 칸타빌레로/땅의 문"을 열고, 흙더미 털어내는 화음 속에서 낮은음을 쟁기질하는 아카펠라 음성이 푸르른 길을 내고 있다. 이러한 과정이 '첼로' 연주 과정으로 비유되고 있다. 이때 우리는 "가만히 올려다보는 긴 속눈썹 둘레길"(「캐리커처」)을 통해 "어둠 속을 건너가는 안 보이는 손"(「월광曲 – 베토벤」)을 한껏 느끼게 된다.

　이처럼 시인은 시 쓰기라는 행위에 음악적 자의식이라는 일정한 구심력을 부여한다. 이때 그의 시조는 '소리 예술'로서의 속성을 핵심 원리로 삼으면서, 음악의 적자嫡子로 스스로를 각인해 간다. 자신의 시조가 '현絃'에서 울려 나오는 최적의 '소리'이기를 열망하는 시인으로서 그는 자신의 예술적 의지를 충실하게 반영하고 있는 것이다. 그래서 우리는 그의 시조를 통해 구체적 시공간에서 빚어진 악기의 모습과 소리를 상상하면서 동시에 눈에 보이지 않는 실재를 아득하게 바라볼 수 있게 된다. 그만큼 그의 시조는 그 안에 사물의 구체성과 결합된 삶의 형식을 품어내고 있다.

6. 섬세한 서정성의 확장 가능성

김하정 시인은 명료한 분별과 이성적 경계를 천천히 지우면서 그 나머지는 여백으로 남기는 방법론을 통해 시조를 쓴다. 자신의 사유를 응집하면서 세계내적 존재로서 가지는 복합적 삶의 마디들을 형상화해 간다. 그 점에서 우리는 기억의 심층을 탐구하고 노래하는 시조의 역할을 그가 극점에서 수행하고 있다는 사실을 다시 한번 확인하게 된다. 그가 그려온 사물과 내면의 균형적 결속 과정을 한참 동안 들여다보면서 외적 관찰과 내적 침잠의 과정을 동시적으로 탄생시킨 그의 작품들을 낱낱의 열정으로 읽어보게 된다. 이때 우리는 사물의 항구성과 순간성을 통합하고 '언어를 넘어서는 언어예술'을 통해 사물의 존재 양상을 가장 근원적인 언어로 채록해 온 그의 존재를 여실하게 실감할 수 있다. 시인은 이렇게 사물의 모습은 드러내고 자신의 마음은 은근하게 내보이는 작법을 취하면서 참신한 이미지군群을 통해 사물과 내면에 직핍해 가는 목표를 성취해 온 것이다.

대체로 서정시는 창작 주체의 나르시시즘을 근본적 동기로 삼는다. 하지만 그것이 타자를 포괄하고 타자의 삶에 충격을 주지 못하는 한, 그것은 거울로 이루어진 방 안에 갇힌 것처럼 무한 반사운동을 하는 것에 불과하게 될 것이다. 따라서 타자에 대한 따듯하고도 지속적인 관심 그리고 그것을 사유하고 실천해 가는 과정이야말로 우수한 서정시의 심층적 동기이자 결과가 되어줄 것이다. 이러한 관점에서 빼어난 이번 시조집의 성취를 딛고 넘으면서 김하정의 다음 시조집이, 더 아름답게 구축되기를 기대하게 된다. 그가 이번 시조집을 통해 전해준 삶의 근원에 대한 섬세한 예술적 사유와 해석 그리고 서정성의 확장 가능성이 그러한 예감을 충분히 뒷받침하고 있다 할 것이다.